KV-675-260

Mererid Hopwood

**Darluniau
gan
Siôn Morris**

Gwasg
Gwynedd

Un, dau, tri, pedwar, pump, chwech – *saith*!
yw neges y canhwyllau.
Un, dau, tri, pedwar, pump, chwech – *saith*!
yw'r rhif ar flaen y cardiau.

Un, dau, tri, pedwar, pump, chwech – *saith*!
mae'n ben-blwydd Lowri Elen;
'Un, dau, tri, pedwar, pump, chwech – *saith*!'
medd pob balŵn yn llawen.

Un, dau, tri, pedwar, pump, chwech – *saith*!
mae'n ben-blwydd Guto Eurig;
un, dau, tri, pedwar, pump, chwech – *saith*!
mae'n barti go arbennig.

Un, dau, tri, pedwar, pump, chwech – *saith*!
mae dau yn dod i ddathlu;
un, dau, tri, pedwar, pump, chwech – *saith*!
dau efaill bach yn gwenu.

Jeli coch a hufen iâ,
cacen siocled, mmm – mae'n dda!

Mefus, mafon, brechdan jam,
brechdan wy a chaws a ham.

Popeth blasus yn y byd –
hwn yw'r parti gorau i gyd.

Hip hwrê! Hip hip hwrê!
Amser chwarae ar ôl te.

A chyn pen dim,
ar ddwy droed chwim
mae brawd a chwaer
yn holi'n daer:

'Ydy hi'n amser?'
hola'r efeilliaid.
'Ydy,' medd Mam,
'felly caewch eich llygaid!'

Ac allan â nhw i ganol y blodau
i weld yn wir a oedd 'na bresantau.

Roedd Lowri yn gobeithio'n fawr
am sgidiau sodlau uchel,
a Guto yn dymuno cael
wigwam neu babell neu dwnnel.

Neu byddai siglen fach i'r ardd
neu si-so'n syniad campus,
a byddai tŷ bach yn y coed
yn gwneud y ddau yn hapus.

A wyddoch chi? Yn dawel bach –
roedd Lowri a Guto Eurig
yn meddwl y byddai trampolîn
yn anrheg fendigedig . . .

'Reit!' meddai Mam,
'Agorwch eich llygaid!'
A dyna yn union
a wnaeth yr efeilliaid.

Ond yna, o'u blaen, heb bapur na rhuban,
roedd un hen feic ar ei ben ei hunan.

Hen feic rhydlyd a fu unwaith yn goch,
heb streips na sticeri na dim byd – ond cloch!

Hen feic digalon, y beic hynaf erioed,
yn pwyso yn ddiog yng nghysgod y coed.

Ond wrth fynd yn nes, fe ddaeth hi'n glir,
fod cefn y beic yn arbennig o hir;

nid beic cyffredin oedd hwn yn yr ardd,
ond TANDEM rhyfeddol – yn hen ac yn hardd,

a lle i ddau gael gwibio drwy'r stryd,
a chrwydro am oriau i ben draw'r byd.

'Hei, Lowri!' medd Guto,
'awn ni am dro?'
Ac yna yn dawel,
meddai'r beic: 'Helô!'

Roedd ganddo ddwy lygad a cheg fach fain,
rywle uwchben yr olwyn flaen.

A wir i chi, roedd e'n siarad Cymraeg,
ac yn chwythu mwg trwy'i glustiau fel draig.

'OOOOO?' meddai Lowri a Guto 'run pryd!

'O?!' meddai'r beic – 'rwyf i'n dandem hud!'

'Rwy'n gallu hedfan drwy awyr y dydd

a nofio drwy'r dŵr fel y pysgod yn rhydd,

ac weithiau, pan fyddaf yn symud yn chwim,

fy nhric i bryd hynny

yw

diflannu

i

ddim.'

Safodd y ddau am eiliad yn stond;
dydy beics ddim yn siarad . . . ?
ond . . . ond . . . ond . . . OND?

Roedd llais y beic hwn wedi dweud 'helô'!
ond dyw beics ddim yn siarad??
O . . . o . . . o . . . O!

'Rôl rhwbio eu clustiau a'u llygaid mewn braw,
meddai Guto, wrth Lowri, 'Tyrd – cydia'n fy llaw!'
ac yn betrus, ofalus ac araf aeth dau
draw at y tandem:
'Hm! Helô, shw'mae?'

'Dringwch ar fy nghefn
a bant â ni
dros y cymylau
i Wlad Hwyl a Sbri!'
meddai'r beic.

Ac ar fy ngair,

gadawodd y beic y ddaear a'r gwair,

gadawodd y blodau

a'r ardd a'r coed,

a hedfanodd i'r wlad ryfeddaf erioed.

Gwlad uwchben y cymylau mawr,

gwlad lle roedd POPETH â'i ben i lawr!

'I Wlad Hwyl a Sbri . . . bant â niiiiiiiiiiiiiiiiii!'

Roedd adar yn byw yn y tŷ ger y tân

yn cerdded i bobman mewn sgidie bach mân,

a fry yn yr awyr roedd cathod a chŵn

a moch yn hedfan a chadw sŵn.

Roedd popeth rywsut yn groes i'r drefn –
y defaid yn nofio ar eu cefn,
y pysgod yn pori mewn cotiau gwlân
a'r gwartheg yn cyfarch y wawr gyda chân.

Roedd y dydd yn ddu a'r tywyllwch yn wyn,
a Lowri a Guto yn dal yn dynn
yn eu tandem hud
uwchben y byd.

Ond cyn bo hir roedd Lowri fach
yn teimlo wedi blino,
ac meddai'n drist: 'Ga' i fynd yn ôl,
yn ôl i'r tŷ 'da Guto?'

'Ga' i fynd yn ôl at Mam a Dad,
yn ôl i'r ardd a'r blodau,
ga' i fynd yn ôl i ddweud wrth bawb
am fyd y rhyfeddodau?'

Ac am yn ôl, ar dandem hud,
gan ddisgyn drwy'r cymylau,
daeth brawd a chwaer o ben draw'r byd
yn ôl i'r ardd a'r blodau.

Roedd Mam a Dad yn yfed te
a phawb yn dal i sgwrsio,
a ddwedodd neb: 'Ble chi 'di bod?'
wrth Lowri fach a Guto.

A nawr, â'r ddau yn saith mlwydd oed,
daeth amser mynd i'r gwely,
ond roedd y brawd a'r chwaer, er hyn,
yn methu'n lân â chysgu.

Mae'n nos,
a'r lleuad wen
yn dawnsio
uwchben
stafell wely Lowri Elen.

Mae'r sêr
i gyd yn wên,
yn galw'r
tandem hen
dan ffenest Guto Eurig.

21

A thrwy'r tywyllwch
a'r tawelwch
mae clustiau bach
dau efaill iach
yn clywed cân
a nodau mân
'dring, dring',
y gloch,
yn galw'n groch . . .

22

'Dring, dring,
dring, dring-wch!
Dewch, blant, deffrwch!
Mae'n amser am antur,
dring, dring,
dring, dring-wch!
Dewch, blant, codwch!
Mae'n amser am antur,
dring, dring,
dring, dring-wch
ar y tandem hud!
Mae'n amser mynd
i ben draw'r byd.'

A dringo o'r gwely,

ac i lawr y grisiau,

allan o'r tŷ

a heibio'r blodau

draw at y beic

yng nghysgod y coed,

y beic rhyfeddaf a fu erioed.

'Helô!' meddai'r beic,

'Helô! Shw' mae?'

'Mae'n ganol nos!'
Sibrydodd y ddau . . .

'Rwy'n gwybod hynny,
gwybod yn iawn,
ond i dandem hud
mae'n ganol prynhawn.
Dringwch i'r sêt
am antur arbennig . . . '
A dyna wnaeth Lowri a Guto Eurig.

A thrwy'r tywyllwch,
i fyny fry,
aeth dau am antur
i Wlad Hwyl a Sbri.

Ond heddiw, doedd neb â'i ben i lawr
ac roedd pawb yn edrych yn debyg i gawr!

Roedd pob pili-pala
fel eryr, yn wir,
a phob un mwydyn
fel neidr hir.

Roedd pob buwch goch gota
fel eliffant tew,
a phob cath a llygoden
yn union fel llew.

Roedd pob un morgrugyn
fel hen ddeinosôr,
a phob un corgimwch
fel morfil y môr.

'Daliwch yn dynn!'
gwaeddai'r tandem hud.
'Mae rhywbeth o'i le
ym mhen draw'r byd;
mae rhywbeth ofnadwy,
ofnadwy o'i le
rwyf wedi troi i'r chwith
yn lle troi i'r dde . . .

'Nid hon yw Gwlad Hwyl a Sbri;
daliwch yn dynn, a bant â ni . . . !

'Bydd rhaid brysio,
gadael yn chwim,
bydd rhaid diflannu,
diflannu
i
ddim!'

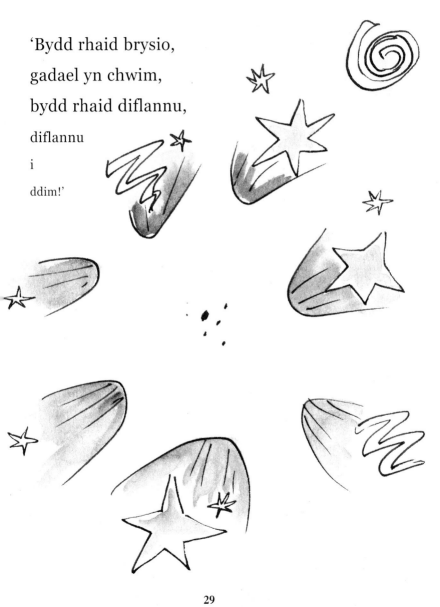

Ond O! wrth i'r tandem hedfan ynghynt
Syrthiodd Lowri drwy gwmwl o wynt!
A gwelodd Guto hi'n glanio i'r llawr
yn ymyl pot blodyn wrth ddrws cartre'r Cawr.

STOOOOOOOOOP!!!'

gwaeddodd Guto.

'Aros!

Stop!

Nawr!

Mae Lowri mewn trafferth

Ac O! dacw'r Cawr!'

31

Sŵn traed yn taranu
a'r ddaear yn crynu,
sŵn Cawr mawr yn nesu –
O! druan o Lowri!

Mae'n crio
wrth guddio
a Guto'n
gweddïo . . .

Bydd y Cawr eisiau swper
ymhen dim amser,
a falle bydd Lowri
yn nofio mewn grefi
ar blât mawr y Cawr,
RHAID EI HACHUB HI NAWR!

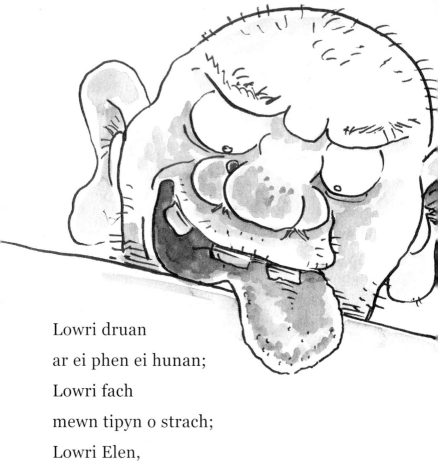

Lowri druan
ar ei phen ei hunan;
Lowri fach
mewn tipyn o strach;
Lowri Elen,
Lowri benfelen;
Lowri chwaer Guto
yn crio a chrio.

Lowri heb ffrind
a phawb wedi mynd;
'Lowri! Lowri!
RY'N NI'N DOD I'TH GASGLU!'

A chododd Lowri ei llygaid o'r llawr
uwch coesau blewog a bola'r Cawr,
ac yna'n yr awyr yn canu ei gloch
roedd tandem rhyfeddol fu unwaith yn goch:

'Dring, dring,
dring, dring-a,
dring, dring
fyny yma!
Dring, dring ar ôl tri,
dring, dring –
bant â ni!'

A neidiodd Lowri uwch trwyn y Cawr,

a dringo drws nesaf at Guto,

a glanio'n ddiogel ar y tandem hud:

'DWI DDIM EISIAU SYRTHIO FYTH ETO!'

Hwrê! Roedd Lowri yn ôl gyda'i brawd,
yn eistedd yn dwt a diogel,
ei dwylo bach gwyn yn gafael yn dynn
a'i gwallt aur yn cosi yr awel.

'Adre â ni, 'nôl i'r gwely bach clyd,'
meddai'r tandem gan chwifio'i adenydd.
'Mae Cymru yn well na gwlad y Cawr mawr,
awn adre yn glou gyda'n gilydd.'

A chyn pen dim,
ar y tandem chwim,
daeth dau yn ôl i'r gwely;
ac wrth fynd i gysgu,
meddai Lowri wrth Guto . . .

'Wyt ti'n credu, bore fory,

cawn grwydro'r byd

ar y tandem hud?'

'Gobeithio,'

meddai Guto,

'ac eto . . .'

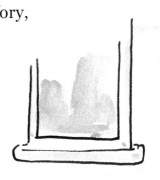

A phan ddaeth y bore
aeth y ddau ar ras
drwy ddrws y tŷ
at yr awyr las;
rhedodd y ffrindiau
heibio'r blodau,
draw at y coed
yn saith mlwydd oed . . .
a diwrnod;
efeilliaid
yn agor eu llygaid,
yn disgwyl rhyfeddod.

Ac yn hanner meddwl

fod y cwbwl –

yr antur a'r trwbwl –

wedi bod

yn freuddwyd.

'Pe byddem
yn gweld tandem,'
meddai Guto wrth Lowri,
'fe gredem . . .'

Ac yno,

ar fy llw,

fe welon nhw . . .

y tandem hud fu unwaith yn goch,
heb streips na sticeri na dim byd ond cloch,
yn aros yn gyfaill
i ddau efaill;
yn hen ffrind
yn aros i fynd,
yn wir i chi,
i Wlad Hwyl a Sbri!

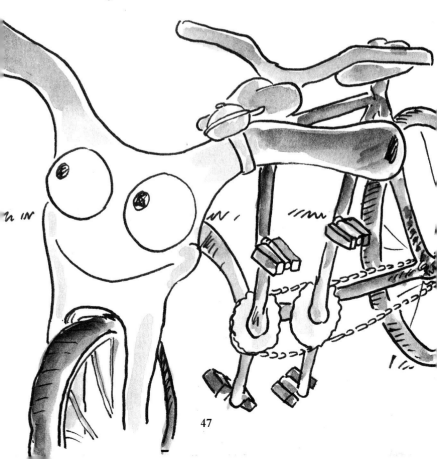

'Dring, dring . . .'